COLLECTION DE M. C. A.

Miniatures, Dessins

ET FAIENCES

DE LA PERSE

CATALOGUE

DES

Objets d'Art Orientaux

FAIENCES

MINIATURES ET DESSINS

DE LA PERSE

Composant la Collection de M. C. A.

ET DONT LA VENTE AURA LIEU A PARIS

HOTEL DROUOT, SALLE N° 7

Le Samedi 12 Juin 1909

à 2 heures 1/2

COMMISSAIRE-PRISEUR

M⁰ F LAIR-DUBREUIL, 6, rue Favart

EXPERTS

Pour les Faïences :	*Pour les Miniatures :*
MM. MANNHEIM	**M. VIGNIER**
7, rue Saint-Georges	34, rue Laffitte

EXPOSITION PUBLIQUE

Le Vendredi 11 Juin 1909, de 1 h. 1/2 à 5 h. 1/2

CONDITIONS DE LA VENTE

Elle sera faite *au comptant*.

Les adjudicataires paieront *dix pour cent* en sus du prix des enchères.

L'exposition mettant le public à même de se rendre compte de l'état et de la nature des objets, aucune réclamation ne sera admise une fois l'adjudication prononcée.

Les Miniatures seront vendues après les Faïences.

Paris. — Imp. de l'Art, Ch. Berger, 41, rue de la Victoire.

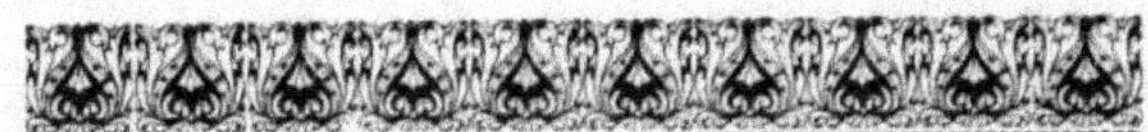

DÉSIGNATION

FAIENCES

1 — Panse de flacon en terre vernissée vert, à décor d'oiseaux. Travail chinois.

2 — Aiguière à panse cylindrique, décor d'habitations, en faïence russe (?).

3 — Grande coupe en terre gravée et vernissée vert. Travail oriental.

4 — Deux petits plats, décor polychrome irrégulier. Boukhara.

5 — Grand carreau en forme d'étoile en mosaïque de faïence, à motifs réguliers. Asie mineure.

6 — Carreau, à décor régulier, de même faïence.

7 — Plaque, décorée d'un motif rayonnant, à fleurs. Ancienne faïence de Damas.

8 — Plat creux, décoré d'animaux et de quatre petits compartiments quadrillés. Faïence de Perse.

9 — Coupe porte-fleurs en faïence de Perse, émaillée bleu.

10 — Compotier, décor à reflets métalliques. Faïence de Perse.

11 — Deux bols variés et une coupe. Faïence de Perse.

12 — Grand plat, genre Chinois, en faïence de Perse.

13 — Petit vase, décor de fleurs en bleu sur fond jaunâtre. Faïence de Perse.

14 — Trois plats variés. Faïence de Perse.

15 — Plat, décor d'oiseaux et de fleurs en bleu. Faïence de Perse.

16 — Deux plaques de revêtement, décorées de personnages et d'animaux. Ancienne faïence de Perse, provenant d'Ispahan.

17 — Trois autres analogues, décorées : l'une de musiciens, les autres de femmes.

18 — Trois autres variées, à décor d'oiseaux.

19 — Vase à col cylindrique, à deux anses, traces d'émail bleu, provenant de fouilles faites en Perse.

20 — Petit vase, avec traces d'émail bleu, provenant de fouilles. Perse.

21 — Coupe et petit bassin, avec traces d'émail bleu, provenant de fouilles. Perse.

22 — Brique, provenant de fouilles faites en Perse, inscriptions en noir et irisations, fond bleu.

23 — Carreau, en forme d'étoile émaillée bleu-turquoise, avec inscriptions noires, provenant de fouilles faites en Perse.

24 — Fragment de carreau émaillé bleu, avec inscriptions, provenant de fouilles faites en Perse.

25 — Vase en terre émaillée bleu, à décor noir avec irisations. Provenant de fouilles. Perse.

26 — Deux grands vases à anses en terre émaillée bleu, à irisations. Provenant de fouilles faites en Perse.

27 — Autre plus petit, de même provenance.

28 — Bol, décoré de rayures, provenant de fouilles faites en Perse.

29 — Vase obconique à irisations, provenant de
fouilles. Perse.

30 — Bol à couverte grise, provenant de fouilles
faites à Sultanabad.

31 — Vase à anses en terre émaillée, à irisations,
provenant de fouilles. Perse.

32 — Panse de flacon de même origine.

33 — Plaque de mirhab émaillée bleu-turquoise,
provenant de fouilles faites à Chiraz.

34 — Plaque de revêtement émaillée bleu, à inscriptions, provenant de fouilles faites à Chiraz.

35-36 — Trois autres, décorées d'animaux et de
même origine.

Haut., 25 cent.; larg., 21 cent.
Haut., 22 cent.; larg., 18 cent.

37 — Étoile à reflets métalliques présentant des
oies. Ancienne faïence persane.

38 — Petit bol à reflets métalliques. Ancienne
faïence persane.

39 — Carreau en forme d'étoile, à décor de fleurs
et animaux entourés d'inscriptions; tons bleus
et reflets métalliques. Ancienne faïence de
Perse.

N° 36

40 — Carreau en forme d'étoile, présentant un personnage jouant de la guitare entouré d'inscriptions. Émail bleu et à reflets métalliques. Ancienne faïence de Perse.

41 — Carreau en forme d'étoile, présentant un motif rayonnant entouré d'une inscription. Tons bleus et reflets métalliques. Ancienne faïence de Perse.

42 — Petit carreau en forme d'étoile, décor en bleu et à reflets métalliques, présentant deux oiseaux. Ancienne faïence de Perse.

43 — Carreau en forme d'étoile en ancienne faïence de Perse, présentant un combat d'animaux entouré d'une inscription.

44 — Carreau en forme d'étoile, à décor de fleurs, entourées d'inscriptions en bleu et à reflets métalliques. Ancienne faïence de Perse.

45 — Grosse moulure en ancienne faïence de Perse, décor d'arabesques en bleu avec reflets métalliques.

46 — Petite frise en ancienne faïence de Perse, décorée d'inscriptions en relief et en bleu sur fond à reflets métalliques.

47 — Grande plaque de revêtement en ancienne faïence de Perse, décorée d'inscriptions en bleu sur fond d'arabesques à reflets métalliques.

Haut. et larg., 40 cent.

48 — Autre analogue.

Haut. et larg., 30 cent.

49 — Fragment de plaque de revêtement en ancienne faïence de Perse, inscriptions en bleu et en relief; fond d'oiseaux et d'arabesques à reflets métalliques.

50 — Bol à décor noir sur fond bleu, avec reflets métalliques. Ancienne faïence persane.

51 — Crachoir, décor en bleu et à reflets métalliques. Ancienne faïence de Perse.

52 — Berceau en forme de hamac en étoffe et cuir. Ancien travail persan.

N 53

MINIATURES ET DESSINS

53 — Miniature persane : Portrait d'homme assis, vêtu d'une robe verte et coiffé d'un turban rayé. Ses bésicles sur le nez, il s'apprête à écrire ou à dessiner. Il tient, en effet, de la main gauche une page blanche encadrée de rouge, et, de la droite, il trempe son qalam dans l'encrier. Devant lui, une boîte à écrire et un portefeuille.

Une inscription qui paraît contemporaine de la miniature porte que ce portrait est, *sans doute*, celui du peintre Mani. S'agit-il de Mani l'Hérésiarque qui vécut vers le milieu du IIIe siècle de l'Hégire et qui, à tant d'autres mérites, joignit celui d'être un peintre fameux, ou plus vraisemblablement du peintre-calligraphe Mani (de Chirâz) qui florissait vers la fin du XVIe siècle de notre ère ?. XVIe siècle.

Haut., 157 millim.; larg., 84 millim.[*]

54 — Dessin indo-persan, à rehauts d'or, de vermillon et de carmin ; Portrait d'un sultan mogol, en pied et de profil. Il tient à la main une fleur d'iris. XVIIe siècle.

Haut., 160 millim.; larg., 90 millim.

[*] Les dimensions données sont celles des miniatures proprement dites, sans tenir compte des encadrements.

55 — Dessin persan, rehaussé : Personnage debout auprès d'un arbre en fleurs. Au bas, on lit le nom de *Behzâd*, non comme signature, mais comme attribution faite par un collectionneur. Sinon de Behzâd, ce dessin est de son école. xvie siècle.

Haut., 190 millim.; larg., 87 millim.

56 — Miniature persane : Jeune pâtre soufflant dans une trompe. Il porte une javeline à deux pointes. Le fond est décoré, à l'encre d'or, d'un arbuste. xvie siècle.

Haut., 116 millim.; larg., 61 millim.

57 — Miniature indo-persane : Jeune femme tenant une fleur. xviie siècle.

Haut., 125 millim.; larg., 71 millim.

58 — Dessin persan : Derviche portant une fleur et son chapelet. En haut et en bas de ce dessin, pour en compléter l'encadrement, on a placé deux petites bandes ornées de fleurs et d'oiseaux, d'un travail très délicat. A droite, on lit : *Fait par le très humble Riza Abbasi.* xvie siècle.

Haut., 92 millim.; larg., 50 millim.

59 — Dessin persan : Derviche portant son bâton sur l'épaule. Ainsi qu'au précédent dessin, mais en haut seulement, on a placé une petite bande ornée de fleurs et d'oiseaux. Même artiste que ci-dessus. xvie siècle.

Haut., 118 millim.; larg., 52 millim.

60 — Miniature persane : Combat de Roustem avec
un éfrit. Le héros a déjà coupé une jambe au
« monstre blanc », et il lui plonge maintenant
son glaive dans la poitrine. Cette miniature fut
probablement détachée d'un exemplaire illustré
du *Chah Nameh* de Firdaousi. Elle porte, due
à quelque collectionneur, l'attribution suivante :
« *De la main de Behzâd, sans doute* ».
XVIᵉ siècle.

> Haut., 135 millim.; larg., 88 millim.

61 — Dessin persan à rehauts d'or et de couleur :
Couple d'amoureux. La jeune femme, enserrée
dans les bras de son ami, lui caresse le men-
ton. Le même collectionneur que ci-dessus a
aussi attribué à Behzâd ce dessin — qui n'est
probablement pas du maître, mais de son école.
XVIᵉ siècle.

> Haut., 105 millim.; larg., 158 millim.

62 — Miniature turque : Dans l'intérieur de son
palais, entre deux colonnes de marbre vert, un
sultan est assis sur son trône. Derrière lui,
deux gardes, dont l'un porte le cimeterre royal,
à la poignée et au fourreau d'or, enrichis de
pierreries. Dans un cartouche placé sous la
voûte cintrée que portent les colonnes, on lit :
Portrait du roi Zardast (celui dont les mains
sont en or). XVIIᵉ siècle.

> Haut., 165 millim.; larg., 90 millim.

63 — Miniature persane : Dans un paysage fleuri, un vieux berger, couvert d'un ample manteau rouge, porte un agneau. XVIIe siècle.

Haut., 98 millim.; larg., 64 millim.

64 — Deux miniatures persanes : Études de soucis. XVIIIe siècle.

65 — Miniature persane : Deux grues, dans un paysage fleuri d'amaranthes. XVIIe siècle.

Haut., 91 millim.; larg., 162 millim.

66 — Dessin persan rehaussé : Bergeronnette perchée sur un rocher. XVIIe siècle.

Haut., 60 millim.; larg., 115 millim.

67 — Page de calligraphie, avec un encadrement orné de fleurs, d'oiseaux et d'animaux. XVIIe siècle.

68 — Miniature indo-persane : Jeune prince agenouillé, approchant de son visage, pour en respirer le parfum, une touffe de fleurs qu'il tient à la main. Derrière lui, un tapis de soie à fond crème, bordé de rose. Au fond, dans un vallon, se voit une ville. A droite, on lit le nom de l'artiste : *Cheikh Abbassi* et la date *1073* de l'Hégire = A. D. 1663. A gauche : « *Fait pour le secrétaire de Mirza Chodja ed-Din Mahmouda.*

Haut., 142 millim. cent.; larg., 70 millim.

69 — Miniature indo-persane. Au pied d'un arbre
en fleurs, deux amoureux s'embrassent. A droite,
la signature : *Behrâm Sofreh Kich* et la date
1050 ou *1070* de l'Hégire = A. D. 1640 ou 1660.

Haut., 158 millim.; larg., 91 millim.

70 — Miniature indo-persane : Deux jeunes femmes
regardant un portrait d'homme. XVIIᵉ siècle.

Haut., 156 millim.; larg., 78 millim.

71 — Dessin persan rehaussé : Mère allaitant son
enfant. D'une facture purement persane, ce
dessin accuse pourtant une influence européenne
bien nette. Il est évident que l'artiste a vu une
gravure ou un dessin italien représentant une
Vierge à l'Enfant. Fin du XVIᵉ siècle.

72 — Recueil de trente et une pages de calligraphie,
la plupart pourvues d'encadrements ornés de
fleurs et d'oiseaux. Ces pages sont contenues
dans une reliure laquée, également décorée de
papillons, de roses et d'oiseaux. La reliure est
datée *1165* de l'Hégire = A. D. 1752.

73 — Reliure en maroquin rouge, décorée en reliefs
dorés et polychromés de rinceaux feuillagés sur
fond d'or. L'intérieur est orné de rosaces en
bleu et or. XVIᵉ siècle.

74 — Recueil complet des poésies de Ahli-i-Shirazi
(† 943 de l'Hégire = 1537 A. D.), colligées et
copiées par le calligraphe Mohammed' Moumen-
el-Shirazi en 1028 de l'Hégire = 1619 A. D.

Ce recueil, écrit en nastaliq, est décoré de
vingt-cinq enluminures d'un beau style : fron-
tispices, pages ornées, têtes de chapitres.

Il renferme les œuvres suivantes :

1º *Sihr-i-Halâl :* La Magie permise.

2º *Sham'o Parwaneh :* La Lampe et le Pa-
pillon.

3º *Qasaïed :* Les Poèmes.

4º *Ghazalippât :* Les Odes.

5º *Moqatta'ât :* Les Poésies diverses.

6º *Saqi Hameh :* Le Livre de l'échanson.

7º *Robayat-i-Ganjafé :* Quatrains sur des
cartes à jouer.

8º *Zobdat-ol-Akhlâq :* La Fleur de la morale.

9º *Favaïd-ol-Aqaïd :* L'Utilité des croyances.

10º *Montafarrigât :* Sujets divers.

11º *Mo'ammayat :* Les Énigmes.

12º *Qaside Masnou'oh :* Poèmes didactiques.

Ce recueil est contenu dans une reliure en
maroquin rouge, décorée en or, de rinceaux et
d'animaux.

RED. :

22

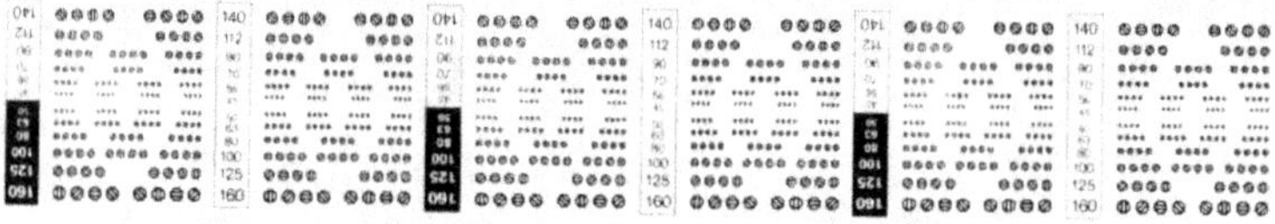

0 1 2 3 4 5 6 7 8 9 10

BIBLIOTHEQUE NATIONALE DE FRANCE

****

CHATEAU DE SABLE

1996